Notes on the Unfinished

미완의 기록

리에 사진 산문집

잔

차례

프롤로그

우연히 사진을 업으로 삼게 된 지 어느새 10년이 훌쩍 넘었다. 어설펐고 미숙했다. 아는 것보다 모르는 것이 많았다. 지금도 여전히 알 것 같으면서도 모르는 채로 사진을 찍는다.

수많은 사람과 장면이 뷰파인더 속에 잠시 머물다 떠나기도 했고, 내 안에 스며들기도 했다. 얼마나 감사한지 나는 가끔 '운이 정말 좋아'라고 말하게 된다. 아니, 지금 이 순간, 이 글을 쓰면서도 다시 깨닫는다. 운이 좋았다.

좋아하는 것을 업으로 삼을 수 있다는 사실만큼 행복한 일이 어디 있을까. 그것을 잘 알면서도, 나는 사는 동안 자주 넘어지고 울었다. 때로는 불나방처럼 불을 향해 무모하게 날아오르기도 했고, 그렇게 죽고 싶어서 날갯짓을 했다. 술에 취하면 불안하다고 어린아이처럼 울면서 이야기하기도 했다. 이러한 불안은 태어날 때부터 몸속 어딘가에 달려 있는 내 일부분 같았다.

어째서 불안은 날 떠나지 않을까. 그럴 때마다 나는 내 사진에 그 불안을 조금씩 몰래 심어 놓았다. 나만 알 수 있게, 또는 누군가가 눈치채 주기를 바라며. 슬픔은 온전히 내 것이지만 너의 것이 될 수도 있다고 말하고 싶었다.

서툴고 실수가 잦아서 후회도 많은 사람이지만 되도록이면 투명한 사람이고 싶어서 내 이야기를 꺼내는 것에 주저함이 없었다. 그래서일까. 낯선 사람에게 내 이야기를 꺼내는 것이 두렵지 않다. 아니, 언제나 내 이야기를 하고 싶다. 나는 내 이야기를 하는 것을, 누군가가 내 이야기에 귀 기울여 주기를 바라는 사람임이 분명하다.

이 책에 담긴 글과 사진만으로 그때의 감정을 온전히 전할 수는 없겠지만, 함축된, 아직 완성되지 않은 내 삶의 흔적인 《미완(未完)의 기록》을 통해 누구에게도 꺼내지 못할 진솔한 속마음까지 서로 주고받을 수 있기를 희망해본다.

나는 내가

나는 내가 나라서 좋다.
나는 내가 나라서 싫다.

술에 취한 새벽

뚜렷하게 기억나지 않는 새벽,
한바탕 소동을 그의 입을 통해 전해 들었다.
“뭐가 그렇게 서러웠어요?”
“모르겠어요. 기억이 나지 않아요.”
“힘들었나 보네요.”
깊은 구석자리 불안함은 이렇게 불쑥 고개를 든다.
내가 기억하지 못하도록,
잠시 스쳐 지나갔다가 잠이 든다.

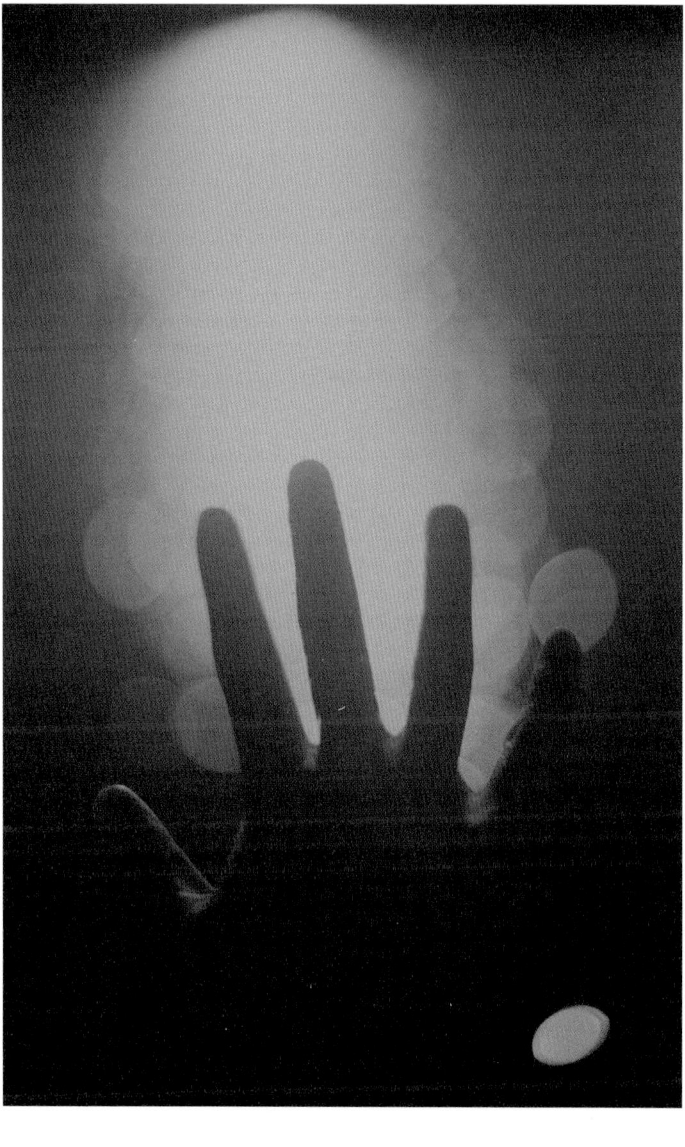

어떤 음악

함께 손잡고 걷고 달리던 파리의 이름 모를 뒷골목으로,
내 앞에서 기타를 튕기며 흥얼거리던 한여름으로,
술에 취해 손잡고 구르던 잔디밭 위로,
깊이를 알 수 없는 한강의 검은 물결 아래로,
귓가에 맴돌다 입으로 스며들더니 이내 가슴에 이른다.
짧고도 아름답던 순간들로,
길고도 불안하던 순간들로,
때로는 웃게 만들고 울게 만들었던 그때의 나로,
어떤 음악은 나를 잠시 과거로 돌려보낸다.

아이들은 겁이 없어요

아무 걱정 없이 바다에 뛰어 들어가는 아이들을 보면 한없이 부러워져요. 우리는 물에 들어가기 전부터 그 뒤에 있을 상황을 걱정하잖아요. 옷이 젖으면 어떡하지, 발에 모래가 잔뜩 묻으면 귀찮을 텐데. 그래서 멀리서 보기만 하죠. 시도해 볼 마음 자체가 사라진 것 같아요. 생각이 많아지는 어른이 되면, 더 이상 아이가 아닌 나이가 되면 겁도 많아지고 순간을 즐기지 못하게 되는 걸까요? 이토록 멋진 바다를 눈앞에 두고 바라만 보고 있자니 어쩐지 이상한 기분이 드네요. 우리도 분명 저럴 때가 있었는데. 십 년 이십 년이 흐르고 저 아이들도 나이가 들면 지금의 우리처럼 멀찍이 서서 바라만 보고 있을까요?

미완

사랑을 하기 위해선 뭔가 나를 벗어났다는 느낌이 필요했다. 어쩌면 도저히 알 수 없을 것 같은 이런 느낌 때문에 나의 사랑은 서툰 미완으로 끝이 나곤 했다.
“네 사진은 늘 미완이야. 그래서 더 좋아. 완벽하지 않지만 사진에 찍힌 그 장면 이후로도 수많은 이야기들이 계속 눈앞에 펼쳐질 것 같으니까.”
언제가 지인이 나의 사진에 대해 이야기한 적이 있다. 그 말이 마음에 박혀서 꽤 오랫동안 따라다녔다. 어떤 의미인지 잘 알고 있기 때문이다. 사랑도, 사진도 고스란히 나를 닮아 있었다.
그래서 나는 오늘도 미완을 기록한다.

그리움은 현재에 없다

과거에 있다.
어제에 있다.
그리움이 늘어난다는 건
슬프고도 아름다운 일.
동트기 전 새벽의 얼굴을 닮았다.

교통사고

몇 해 전 촬영을 끝내고 돌아오는 길, 차에 함께 탄 사람들과 이런저런 이야기를 나누던 중이었다. 연인이 있는데 다른 이성에게 마음을 뺏기는 상황이 생기면 어떨 것 같냐는 나의 물음에 S가 입을 열었다.

"교통사고 같은 거라고 생각해요. 갑작스럽게, 예고도 없이 피할 수도 없는. 어쩔 수 없는 거죠. 그래서 전 아예 차도로 나가지 않아요. 소나기가 내릴 것 같으면 집 안에 얌전히 있는 거랑 비슷하죠."

불안

오늘도,

불안 때문에 숨 쉬는 것도 잊어버렸다.

목덜미에서 땀이 흐른다.

눈빛이 흔들리고,

손발이 저리다.

당장이라도 죽을 것 같다.

대화

"사랑을 지속하기 위해 어떤 방법이 필요할까요?"
"상대방에게 자연스러워지는 거죠."
"자연스럽다는 건 뭘까요?"
"솔직해지는 것 같아요. 그동안 저는 누구에게도 솔직하지 못했던 것 같은데, 이제야 방법을 찾았죠."
"공감해요. 관계에서 솔직하지 못해서 오해가 조금씩 쌓이는 것 같아요. 의도하지 않았는데도 말이에요. 그러다가 묵은 감정이 뒤늦게 터지거나 혹은 상대방에게서 거리를 조금씩 두면서 멀어지거나, 둘 중 하나겠죠."
"그래서 연습이 필요해요. 그때그때마다 느끼는 감정을 잘 말하는 방법이요. 좋은 감정을 입 밖으로 내뱉는 건 어렵지 않지만, 나쁜 감정을 솔직하게 말하는 건 모두가 어려워하는 일이니까요. 가까울수록 노력해야 하는 것 같아요."
"그런 의미에서 요즘 아주 자연스러워요."

Paddle

밥

살고 싶지 않아,
하는 마음이 들자 입맛이 사라진다. 욱여넣은 밥은 모래알처럼 서걱거리고, 이제 무얼 해야 하는지도 모르겠다.

언제 청소를 했더라,
하고 생각해 보니 손을 놓은 지 오래다. 며칠을 방치한 집은 금세 먼지가 내려앉는다. 집 안 구석구석의 먼지가 솜뭉치가 되어 바닥을 구르다 발에 치인다. 청소라는 것이 그렇다. 해도 티가 나지 않고 하지 않으면 티가 난다.

감은 눈이 영원히 떠지지 않았으면,
하는 바람으로 해가 뜰 무렵까지 버티다 지쳐 잠에 든다. 그리고 해가 질 무렵이 되어서야 겨우 눈이 떠진다. 온몸이 물먹은 솜뭉치 마냥 무겁고 축축하다.

이번 생은 망했어,

같은 생각들이 입 밖으로 새어 나온다. 다행히 이곳에는 텅 빈 공기 속의 나밖에 없다. 다시 밥을 입 안에 욱여넣는다. 밤은 금세 오고 새벽은 질리도록 오래 이어진다.

무엇이 잘못된 걸까,

같은 질문들이 꼬리에 꼬리를 문다. 하루 종일 입 밖으로 한마디도 하지 않고 숨만 겨우 뱉는 하루가 또 흘러간다. 똑같은 하루하루가 흐르고 또 흐른다. 몇 개월 사이에 얼굴은 생기를 잃고 몸무게는 줄었다.

안쓰러워,

하는 생각이 들었다. 샤워를 하면서 거울로 보이는 갈비뼈가 드러난 앙상한 내 몸을 마주하고 싶지 않은 날이 있었다. 그래, 그런 시기가 있었다. 인생의 벼랑 끝에 서 있는 듯한 내가 있었다. 누가 등을 떠민 것도 아닌데 스스로 벼랑 끝으로 가 서 있었다.

어떻게 그 긴 터널을 빠져나왔지,
하고 생각해 봐도 정확히 기억나지 않는다. 다만 분명한 사실 하나는 손을 내밀어 준 친구들이 있었다는 것이다. 그들이 있었기에 빠져나올 수 있었다. 그들이 없었다면 어떻게 되었을까? 그때의 절망감으로 영원히 도망쳤을까?

이따금 나는 친구들에게 따듯한 밥을 지어 대접한다. 거한 밥상이 아니지만 내가 받았던, 그 따듯한 온기를 되돌려 주고 싶어서 할 수 있는 한 정성스레 상을 차린다. 나는 이미 배가 부른 채로 친구들과 둘러앉아, 그렇게 고마움을 가슴에 머금고 함께 밥을 먹는다.

우리는 모두

우리는 거미줄처럼 연결되어 있어.
아직 모를 뿐이지.

이사

곧 이사를 한다.

살면서 채운 것을 다시 비우고 있다.

문득 이런 생각이 들었다.

채우는 게 어려울까, 비우는 게 어려울까.

비워지면 다시 채우고, 채워지면 다시 비운다.

반복의 연속이다.

많은 사람이 이곳을 오갔다.

이런저런 사건도 많았다.

대부분 사진으로 남겨 두었다.

그것만큼은 비우지 않고,

이렇게 이곳은 안녕.

Nan Goldin

기록의 습성

기록만큼 확실한 방법은 없다.
나에게는 사진이 그 방식이다.
기억은 서서히 희미해질 테니
사진으로 기억을 잡아둔다.
언제든 꺼내볼 수 있도록.
어떤 사람은 일기로 기록하고,
어떤 사람은 음악으로 기록하고,
어떤 사람은 그림으로 기록한다.
사람들은 각자의 방식으로
기록하는 습성이 있을 것이다.
그리워하기 위해서,
기억하기 위해서.
결국 자신을 위한 일이다.

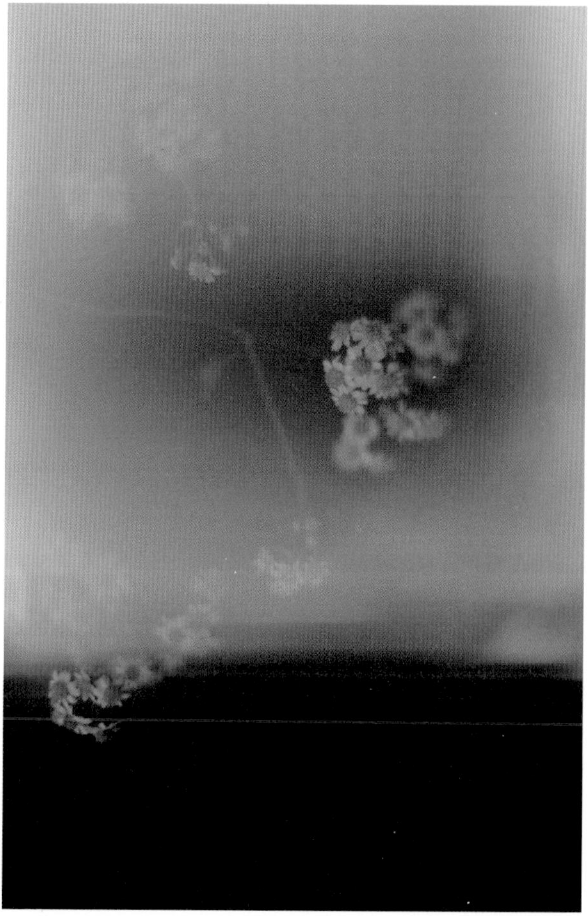

꿈

너는 잠시 외로워서 나를 찾아왔다고 말했다.

시간의 쓸모

"우리가 다시 볼 일은 없을 거야."
마지막이라는 마음이 들자 더 힘껏 껴안았다. 그리고 미움과 원망을 그곳에 남겨 두고 돌아왔다. 오랜 시간이 흐르고 언젠가 웃으며 다시 볼 수 있는 날이 올 수도 있겠다 싶은 마음이 들자 비로소 그곳에 남겨 두고 온 미움과 원망이 천천히 휘발되어 시간 뒤로 흩어졌다. 더 이상 그를 미워하거나 원망하지 않아도 된다.

무너지더라도

모든 것이 무너지더라도
파도 앞 모래성이라도
남기고 싶어.
기억하고 싶어.
증명하고 싶어.

백화(白畫)

흰색으로 그린 그림 같은,
동그란 입을 가진 하얀 꽃의 목소리를 들었다.
이름이 뭐라고 했더라.
분명히 들었는데 뒤돌아서니 잊어버리고 만다.
누가 지어 준 이름인지 모르지만,
내가 부르고 싶은 이름으로 기억해도 되겠지.

괜찮아져야만 해

괜찮아져야만 한다. 무너지는 것 말고 내가 할 수 있는 일이라고는 하나도 없으니까. 그럼에도 불구하고 무엇을 먹어도 체하기 일쑤고, 새벽마다 화장실 변기를 붙잡고 바닥에 앉아 있는 일이 허다하다. 잠도 오지 않는다. 해가 뜰 때까지 아픈 배를 끌어안고 침대 위에서 구겨진 종이처럼 몸을 접어야 하는 밤들이 언제까지나 이어질 것만 같다. 마음의 병은 고스란히 몸으로 드러난다. 나는 괜찮아져야만 한다. 그러나 사실 나는 하나도…….

마음

방금 '영원'을 약속해 놓고
뒤돌아 '이별'을 생각한다.

내게 필요한 것

"글을 쓸 때 두 사람의 얼굴을 떠올려 봐. 나는 사랑하는 엄마와 나를 역겨워하는 친구의 얼굴을 같이 떠올려. 서로 다른 의미로 그 둘에게 부끄럽지 않은 글을 쓰기 위해서지. 무조건 열심히 써질 수밖에 없잖아. 그러니 반드시 대상이 있어야 해."

연애

누군가의 삶에 들어가고
내 삶에 누군가를 받아들이는
기꺼이 서로의 삶을 침범하는 암묵적 허락.

서로의 눈을 보며
어린아이처럼 소리 내어 울고
기꺼이 서로의 몸을 껴안는 측은한 몸짓.

그런 것이 아닐까?
하루의 시작과 끝을 가르는
선 위에 나란히 누운 두 사람의 거리.

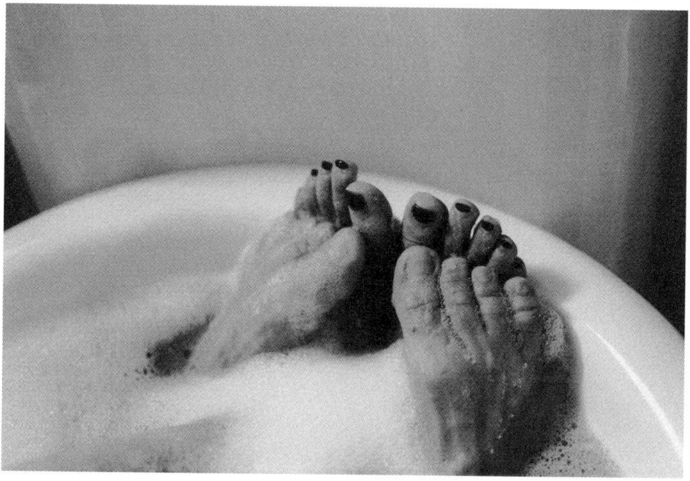

결

결핍이 있는 사람은 결핍이 있는 사람을 알아본다.
아무리 꽁꽁 숨겨도 결국에는 티가 난다.
나는 본능적으로 결핍이 있는 사람에게 끌린다.
내가 결핍이 있기 때문이다.
그렇기에 내게 결핍은 부정적인 단어가 아니다.
애틋한 감정에 가깝다.
적어도 나에겐.

여전히 여름이 싫다

얼마 전 이옥섭 감독의 인터뷰를 본 적이 있다. '너무 싫어하면 그냥 사랑해 버려요'라는 말이 내내 마음에 남았다. 정말 좋은 말이라고 생각한다. 미워하는 것보다는 사랑하는 쪽이 훨씬 쉬운 일에 가까울지도 모르니까. 적어도 정신 건강에는 확실히 이로울 듯하다.

사계절 중 여름을 특히 싫어한다. 습한 공기, 목을 타고 흐르는 땀, 하루 종일 켜 둬야 하는 에어컨 바람, 뜨거운 햇빛에 지끈거리는 머리.

내가 여름을 사랑할 수 있을까?

오늘 만난 친구에게 여름이 좋냐고 물으니 가장 좋아하는 계절이라는 대답이 돌아왔다.

나는 고개를 저을 수밖에 없었다.

"이유가 뭐야?"

"나는 여름에 제일 예쁘더라고. 생명력이 있어 보이니까. 그 상태로 사람들을 만나는 게 좋아."

"정말? 나는 생명력이 사라지는 느낌인데."
같은 계절을 대하는 태도가 이렇게 다를 수 있다니. 내게 굳이 여름이 좋은 이유를 하나 꼽으라고 하면 생맥주가 좀 더 맛있는 계절이라는 것 하나밖에 없는데 말이다.
내가 여름을 사랑할 수 있을까? 나도 싫어하는 것을 사랑할 수 있을까?
한번 끌어안아 봐야겠다.
그런 의미에서 오늘은 생맥주 한 잔.

술에 취해

얼큰하게 달아오른 얼굴로
마주 보고 앉아서
내일이면 사라질 문장을 쏟아내며
볼륨을 더 크게 올리고 함께 춤을 춘다.
어차피 사라질 거라면
눈물 콧물 다 쏟아 내고
목젖이 보일 정도로 소리 내어 웃으며
뜨겁게 서로를 끌어안기로 한다.
둘이 하나가 되기로 한다.

흔적

시간이 멍든다.

눈

늦잠을 잤다. 커튼을 여니 창밖으로 뿌연 회색 하늘 아래 굵은 눈발이 흩날리는 것이 보인다. 의지가 필요한 순간이다. 계절마다 한강을 찾지만 막 내린 흰 눈이 쌓인 한강을 마주하기란 쉽지 않다. 서둘러 옷을 챙겨 입고 한강으로 향했다. 눈이 가득 덮인 한강에 도착하자마자 카메라를 꺼낸다. 낮인지 밤인지 새벽인지 알 수 없는 시간 속을 걷는 기분에 사로잡힌다. 셔터를 누르며, 아득하기만 한 풍경이 영원하기를 바라며 북쪽을 향해 발걸음을 옮긴다. 재촉하지 않고 천천히 눈 위를 걷는다. 걸으면 걸을수록 세상은 하얗게 사라져 간다. 고개를 돌려 봐도 주위에는 아무도 없다. 누구든 상관없다. 저 사라져 가는 세상에 누군가가 존재해 주기를 바랄 뿐이다. 휴대폰을 꺼내 친구 목록을 살핀다. 이 시간 이 날씨에 부를 사람은 딱히 없다. 아쉬운 마음에 다시 한번 셔터를 누른다. 눈을 기다렸는지 누군가가 나타나기를 기다리는지 알 수가 없다.

보장된 안전

안은 안전하다.
아무 일도 일어나지 않는다.
그러나 아무 일도 일어나지 않는다.

뭉친 어깨

잘하는 사람이 이렇게 많은데
굳이 나까지 잘할 필요가 있을까?
그렇게 생각해 버리자
뭉친 어깨가 조금은 풀리는 기분이다.

솜뭉치를 떠나보내고

불행은 또 다른 불행을 달고 오는 걸까? 정신적으로 가장 힘든 시기를 보내고 있을 때, 거의 14년을 함께 지낸 강아지 리치가 무지개다리를 건넜다. 어쩔 수 없이 선택한 안락사였지만 내 품에 안겨 빠르게 식어 가는 작은 솜뭉치의 숨결을 잊을 수가 없다.

생명이 꺼진 축 늘어진 리치를 품에 안고 아직 감지 못한 눈을 바라보았다. 더 이상 나를 바라보지 않는 리치의 눈을 손으로 감겨 주고 수건으로 감싸 품에 꼭 안은 채 집으로 돌아오는 내내 소리 내서 엉엉 울었다. 너무 미안해서 미안하다고 소리 내서 우는 일밖에 내가 할 수 있는 것은 없었다.

안락사라는 나의 선택으로 리치는 숨을 거두었고, 최근까지도 그날의 기억이 떠오를 때면 죄책감에 쉽게 잠을 이룰 수 없다. 어떻게 해서든 외면하려고 애썼다. 그리고 다짐했다. 강아지는 절대 다시 키우지 않을 거야. 다시는

털 있는 짐승을 키우나 봐라. 아무에게도 마음을 주지 않을 거야. 나는 그럴 자격이 없어.

그런 내가 고양이를 키우게 될 줄은 몰랐다. 리치가 떠나고 5년이 지났을 때였다. 한 번도 키워 보지 않았던, 내 인생의 첫 고양이를 만났다. 숲에서 어미 없이 혼자 울던 작은 삼색 고양이가 어쩌다가 나에게 왔다. '덕춘(德春)'이라는 이름을 지어 주었다. '커다란 봄'이라는 뜻이다.

처음에는 덕춘이를 리치라고 부른 적이 있다. 어떨 때는 나도 모르게 혹은 리치가 아닌 것을 알면서도 덕춘이에게 들릴 듯 말 듯한 목소리로 "리치야." 하고 속삭였다. 리치의 흔적을 덕춘이에게서 찾고 있었던 것이다. 하지만 시간이 흐르면서 덕춘이를 리치라고 부르는 일이 점점 줄었고, 이제는 더 이상 그렇게 부르지 않는다.

어느덧 꿈에 리치가 나를 찾아오는 일도 없어졌다. 내가 더 이상 리치를 찾지 않게 된 걸까? 그래도 여전히 기억한다. 다행히 예전처럼 아픈 기억이 아니다. 나를 바라보던 큰 눈과 산책을 할 때면 짧은 다리로 멀찌감치 앞서서 뛰다가도 뒤돌아 나를 확인하고 다시 신나게 뛰어나가던 뒷모습을 기억한다. 리치의 세상에는 나밖에 없었을 테니 남겨진 내가 영원히 기억할 것이다.

기대 없이 내어 줄 수 있는 마음

이제 덕춘이는 자신의 이름을 확실히 아는 것 같다. 아무리 불러도 모른 채 하더니, 이제는 자신의 이름에 반응하는 그 태도가 썩 귀엽다. 익숙해진다는 것은 이런 변화를 두고 하는 말일 것이다.

잘 때는 항상 내 왼쪽 품으로 들어와 몸을 동글게 말거나 다리를 쭈욱 펴서 내 팔 위에 자신의 다리를 올려놓는다. 왼팔이 저려 눈이 떠질 때면 항상 비슷한 자세의 덕춘이를 발견한다.

그렇게 매일의 하루가 시작된다. 저린 팔쯤이야 아무렴 상관없다. 어쩌면 덕춘이를 향한 이런 마음은 내가 품을 수 있는 가장 순수한 마음인지도 모르겠다.

덕춘이도 이런 내 마음을 알까? 몰라도 상관없다. 기대 없이 내어 줄 수 있는 마음으로, 나는 매일 덕춘이를 위해 순순히 왼팔을 내려놓고 잠에 든다.

준이치의 병문안

준이치의 병문안을 가기로 한 날이었다. 꽃집에서 미니 장미 16송이를 샀다. 꽃 중에 장미를 제일 싫어한다. 하지만 고양이에게 해가 되지 않는 꽃이라고 해서 샀다. 준이치는 뮤지션이자 작가인 이랑의 16살 된 반려묘인데, 폐에 물이 계속 차서 주기적으로 흉수를 뽑아 줘야 한다고 했다.

이랑을 만나 인사를 나누고 집 앞 카페에서 커피를 사서 그녀의 집으로 올라갔다. 준이치는 따뜻한 햇볕이 드는 방 안 침대에 누워 있었다.

'준이치 선생님, 오랜만입니다. 아파도 여전히 귀엽네요.'

미동이 거의 없는 준이치에게 마음속으로 짧은 안부를 전하고 거실로 나왔다. 준이치 대신 이랑에게 장미를 건넸다. 우리는 나란히 식탁에 앉아 커피를 마시며 그동안 어떻게 살았는지 각자의 이야기를 나누었다.

"혹시 몰라서 카메라 챙겨 오기는 했는데, 찍어 줄까?"

사실 나는 준이치가 살 날이 얼마 남지 않았을지도 모른다고 생각했다. 그래서 그 둘의 모습을 사진으로 남겨 주고 싶었다.
이랑은 좋다며 서둘러 화장을 하고 하얀 저고리에 검정 치마를 입고 나왔다.
"나 조선시대 사람 같지 않아?"
"응, 멋있어."
우리는 옥상으로 올라가 짜장면과 짬뽕을 시켜 먹고 사진을 찍기 시작했고, 준이치는 사진을 찍는 내내 이랑의 품에 얌전히 안겨 있었다.
사진을 찍고 집에 돌아오는 길에 사진관에 들러 필름을 맡겼다. 흑백사진 속 이랑과 준이치는 현재가 아닌 시간을 거슬러 올라간 과거의 한때에 있는 것 같았다.

오랜만에 이랑과 다시 만났다. 17살이 된 준이치는 컨디

션이 좋지 않을 때에는 산소방에서 자야 할 때도 있고 먹기 싫은 약도 먹어야 하고 아픈 주사도 맞아야 한다고 했다. 그래도 여전히 침대에 누워 햇볕을 쬐고 있었다.

짧은 안부를 나눈 후 우리는 카페 테이블에 나란히 앉아 각자의 노트북을 펴고 키보드를 두드렸다. 옆에서 집중해서 글을 쓰는 모습을 보고 있자니 덩달아 뭐라도 쓰게 된다.

일찍 일을 마친 이랑은 준이치 약 먹일 시간이라며 자전거를 끌고 집으로 향했다. 나도 노트북을 덮고 집으로 가는 길에 '휴대전화 사진 인화해 드립니다'라고 쓰여 있는 트럭이 보여 이랑과 준이치 사진을 인화했다.

며칠 후 다시 만난 이랑에게 그때 옥상에서 찍은 사진을 내밀었다.

"액자로 만들어 봤어."

"진짜 옛날 사진 같아! 뭔지 알지? 어릴 적 집에 한두 개

씩은 꼭 걸려 있는 사진 액자 말이야."
"맞아. 그래서 더 멋있다는 생각을 했어."
그날 이후로도 몇 번 더 준이치의 병문안을 갔다. 그럴 때면 나는 내 고양이 덕춘이를 떠올리게 된다. 아직은 먼 미래지만 내게도 이런 순간이 오리라는 것을 안다. 준이치가 20살까지 살았으면 좋겠다. 그래서 내게도 희망을 엿볼 수 있는 기회를 주면 좋겠다.

이 글을 쓰고 있는 지금 준이치는 18살이다.

눈치

삶도 창작도 관계도 자연스러워야 한다고 언니도 나도 세희도 입을 모아 말했다. 그러고는 그놈의 자연스러운 게 도대체 뭔지 모르겠다며 웃었다. 하지만 다들 그게 무엇인지 알고 있는 눈치였다.

문

사진에 접근하는 방법을 알려 준 친구가 있다. 아니, 문을 열어 줬다는 말이 정확할지도 모른다.

우리는 계동에 위치한 작은 카페 2층에서 처음 만났다. 주얼리 작업을 한다고 자신을 소개한 정은이는 까만 머리와 마른 몸, 그리고 말을 아끼는 조용한 친구였다. 나의 사진을 지켜보고 있었고, 함께 무언가를 만들어 보고 싶어서 용기 내어 연락했다는 그녀의 검은 눈동자에서는 빛이 났다.

그녀는 어디에서 영감을 받아 작업하고 있고 어떻게 표현하고 싶은지 미리 써 온 글을 내게 보여 주었다. 이렇게 시각적인 것을 시적으로 접근하는 방법도 있구나 싶었다. 그녀의 글은 주얼리를 사진으로 옮기기 위한 정확한 이미지를 요구하기보다는, 어딘지 모르게 고요하고 은밀한 구석이 있었다. 어떻게 이미지화 할 수 있을지, 커다란 숙제가 내 앞에 주어진 듯했다.

"제가 이런 식으로 의뢰를 받은 게 처음이라 당장 떠오르는 이미지는 없어요. 그런데 재미있을 거 같아요. 같이 해볼까요?"

그 후 우리는 몇 번의 미팅을 더 거치면서 많은 이야기를 나누었다. 그러다 보니 어느새 일을 하고 있다는 생각보다는 영감을 주고받는 친구가 되어가는 시간을 보내고 있는 것 같았다.

약속된 촬영 날, 촬영을 위해 모인 인원은 나를 포함한 4명이 전부였지만 시간이 어떻게 흘러가는지 모를 만큼 집중할 수 있었고, 즐거웠다. 무엇보다도 그날의 분위기, 우리가 나눴던 모호한 감정들이 고스란히 사진에 담겨 있었다. 사진은 단순히 찍는 행위가 아니라 이야기를 담아야 한다는 것을 그때 알았다.

그 후로 우리는 일 년에 한 번 혹은 몇 년에 한 번씩 함께 작업했다. 그렇게 시간이 흐르는 동안 그녀도 성장하고 나 역시 성장했지만, 우리가 처음 만났던 그 순간을 종종 떠올린다. 내가 나중에 어떤 위치에 오르든, 네가 어떤 위치에 오르든 우리 사이에 달라지는 것은 아무것도 없다고, 항상 너와 함께하는 작업은 내게 큰 즐거움이고 큰 숙제라고 말한 적이 있다. 잘 해내고 싶은 마음을 갖게 한다고. 그 마음은 10년이 지난 지금도 변함이 없다.
나는 아직도 그녀와의 작업을 기다리고 고대한다. 자신만의 정원에서 조용하고 꾸준하게 견고한 작업을 해내는 그녀를 응원하고 존경한다.

뷰파인더

덧없는 애틋함으로 바라보는 것.

작은 틈 사이로

누구 하나 관심을 두지 않아도,
한없이 연약해 보여도,
치열하게 자신의 삶을 지고
어떻게든 자라고 있었다.

알아요

특별한 하루보다 무탈한 하루가 더 소중하다는 것을.

엄마도 겁이 나서 어린아이처럼 우는 것이다

머리카락보다 가는 혈관이 끊어졌을 뿐인데.
더 이상 내가 알던 엄마가 아니었다.
내가 기억하는 엄마는 화려한 화장을 하고
거친 말을 서슴없이 쏟아내는 여자였다.
엄마는 내 앞에서 어린아이처럼 울고,
방금 자신이 뱉은 말도 기억하지 못했다.
다른 환자의 침대에 올라가 눕기도 했다.
낯선 엄마의 모습을 보고 있을 때면
마음에 없는 모진 말이 튀어나온다.
후회할 걸 알면서도.
엄마가 울면 나는 울 수 없었다.
병원을 등지고 걸어 나올 때야 비로소 울었다.
내 앞에서 울던 엄마의 얼굴이 떠나지 않았다.
나는 덜컥 겁이 났다.
엄마도 나처럼 겁이 났던 것이다.

변동

흔들리는 나뭇가지를 보고 요동치는 마음.
어쩌면 원래부터 흔들리고 있었는지도 모른다.
먼 곳에 두고 왔다.
너를 두고 왔다.
나를 두고 왔다.

태도

사람을 찍을 때는 편안해야 한다. 그렇지 않으면 그저 무미건조한 돈벌이가 되고 만다. 처음 보는 사람에게도 실없이 나의 이야기를 주저리주저리 떠드는 것은 바로 그 때문이다. 먼저 나의 이야기를 하면 상대방도 자신의 이야기를 자연스럽게 꺼내게 되는데, 교감의 첫 단추는 여기에서 시작된다고 믿는다.

될 수 없는 것들을 꿈꾸다

물이 되고
하늘이 되고
바람이 되고
별이 되고
새가 되고
해가 되고
비가 되고
꽃이 되고
달이 되고
산이 되고
시가 되고.

사랑한다고

아끼지 말고 말할 걸.

목격

좋은 기억도
슬픈 기억도
저 강이 모두 지켜보았다.

아무 일도 일어나지 않은 오후

창밖의 낮은 공사 소음
거실을 채운 음악 소리
곁에 앉은 고양이의 온기
창문 틈으로 흘러 들어오는 선선한 바람

그럼에도 불구하고
울적한 이 마음은 어디서 새어 나오는 걸까
설명하기 힘든 감정을
말할 곳이 없어서 꾹꾹 눌러 담는다.

우산

“아끼는 우산이에요.”
다정한 손이 보라색 우산을 건넨다.
“아끼는 건데 주는 거예요?”
“네.”
비가 올 때마다 그 보라색 우산을 챙겨 길을 나섰고, 자연스럽게 그 사람의 손이 생각났다. 몇 번 잃어버리기도 했지만 다행히 찾을 수 있었고, 비가 오면 다시 그것을 꺼내 들었다. 몇 년이 지난 지금 나는 우산 대신 그토록 다정했던 그 손을 잡고, 보라색 우산 아래에서 함께 길을 나선다.

잠시 동안

그리움이 없다면
슬픔은 어제의 것

실체가 있고
실체가 없는

덮치는 파도처럼
바다로 돌아가는 것

내리는 소나기에
몸이 젖는 것

매일이 슬픔으로 가득하다면
그것은 그리움.

빛과 어둠

“어두운 곳에서 빛을 찾는 것도 좋지만 밝은 곳에서도 어둠을 찾을 수 있어야 해요.”

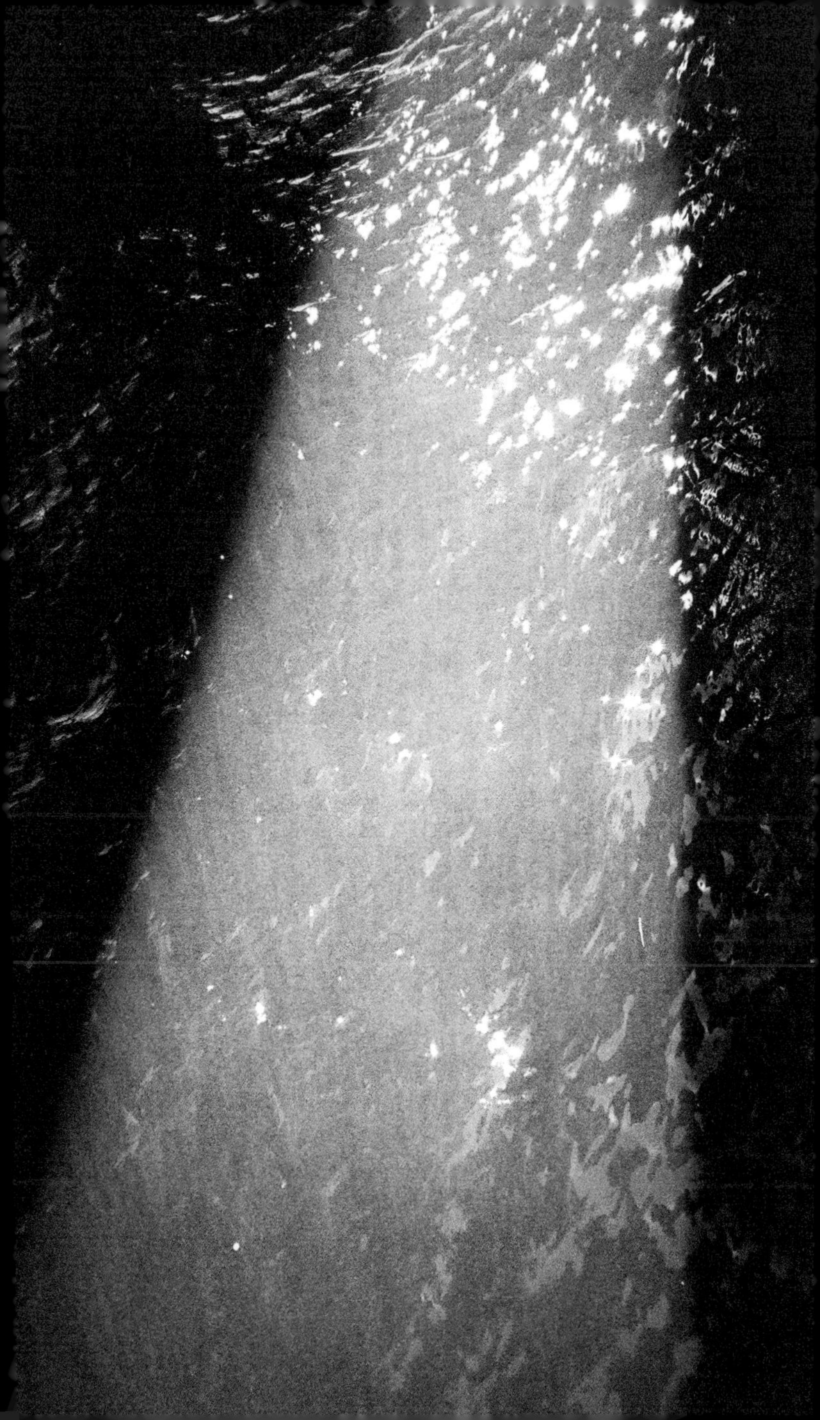

중요하지만 중요하지 않아

"그래서 잤어, 안 잤어?"

"안 잤어. 그게 그렇게 중요해?"

"웃기고 있네."

친구와 헤어지고 돌아오는 택시 안에서 자꾸만 웃음이 새어 나왔다.

겁쟁이

좋을수록 자꾸만 뒷걸음을 친다.
이별이 두렵기 때문이다.

4월의 눈

아빠가 의식을 잃고 깊은 수면에 빠진 다음 날, 눈이 내렸다. 4월에 눈이라니. 함박눈이 잠시 내렸던 그날의 6층 병실의 창밖 풍경이 생생하다. 이상하리만큼 고요한 순간이었다.

"엄마, 기억나? 아빠가 죽기 전에 눈이 왔잖아. 4월에!"
"4월에 무슨 눈이니."

나는 꿈을 꾸었던 걸까?
분명히 기억나는데.
아빠, 감은 눈으로 당신은 보았죠?
제가 본 그 함박눈이요.
그것은 분명 하얀 나비 같지 않았던 가요?

굳은살

내 카메라를 스쳐 간 사람들, 그 찰나의 순간은 카메라 구석구석에 굳은살로 자리 잡혔다.

약속

"이제야 파리답네."
밤이 되어 반짝이는 에펠탑을 바라보며 그가 말한다.
나는 그의 말에 말없이 고개를 끄덕인다.
"함께 다시 오자."

돌아온 파리에서 나는 혼자였다.
이곳은 모든 게 그대로인데.
그가 없다는 이유 하나만으로 슬픔이 넘쳤다.
함께 걷던 길을 혼자 걸었다.
길마다 우리의 흔적이 고스란히 남아 있었다.
그는 지금 내 옆에 없지만,
여전히 이곳에 머물러 있었다.

엄마의 삶을 나의 배꼽에서 엿보다

남들과 다른 모양의 배꼽이 부끄러워 목욕탕에 갈 때면 제일 먼저 배 언저리를 손으로 가리곤 했다.
엄마에게 왜 내 배꼽은 남들과 다르게 생겼는지 물었다.
"너는 내가 혼자 낳아서 그래. 병원에 갈 돈이 없어서 부엌 가위로 탯줄을 잘랐어."
남들과 다르게 생긴 배꼽의 이유를 가난에서 찾게 될 줄이야.
연인에게 처음으로 알몸을 보여주는 순간이 오면 나는 침대에 누워 작은 가슴보다 참외처럼 튀어나오지도 않고 일자로 깊게 파이지도 않은, 딱히 설명할 방법도 없는 어중간한 모양의 배꼽을 손가락으로 가리키며 말하곤 했다.
"이상하지? 엄마가 나를 낳을 때 병원에 갈 형편이 되지 못해서 부엌 가위로 탯줄을 잘랐대. 그래서 남들과 다르게 생겼어."

나름대로 대단한 비밀이라도 되는 것처럼 용기를 짜내어 이야기했지만, 대부분은 나의 배꼽에는 별로 관심이 없었다.

"신경 쓰지 마. 별거 아니야." 혹은 "괜찮은데?" 식의 대답이 돌아올 뿐이었다.

나 또한 나이가 들수록 내 배꼽이 어떻게 생겼든 대수롭지 않게 여기게 되었다. 다만 가끔씩 손으로 배꼽을 만질 때면 작은 방에서 홀로 나를 낳아야 했던 엄마의 슬픔이 떠오른다.

기도

방구석에 종이처럼 구겨져서
울면서 애원하던 밤
신이 있다면 살려주세요
저 좀 살려주세요
내가 나를 구원할 수 없어서
날카로운 선을 그었던 새벽.

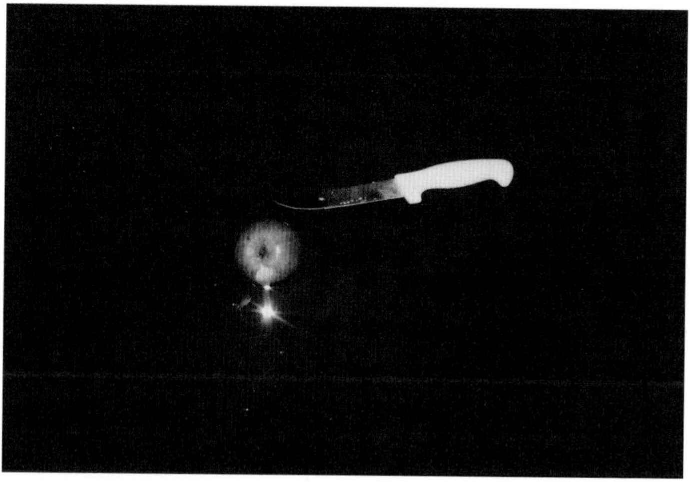

적당한 거리

"너무 가까워지면 언젠가는 마음의 부채가 생겨. 오래 보고 싶으면 적당한 거리가 필요하더라."
전화 너머 친구한테 뱉은 말은, 내게 필요한 말이었다.

연민

우리는 모두 연약한 존재.

그런 마음으로 바라보면 모두가 애틋해진다.

단어

외로움, 고독, 슬픔, 사랑, 행복.

실체가 없는 단어들에 매달리며 산다.

손에 잡히지 않는 신기루.

무수한 감정의 소용돌이 안에서,

헤맨다.

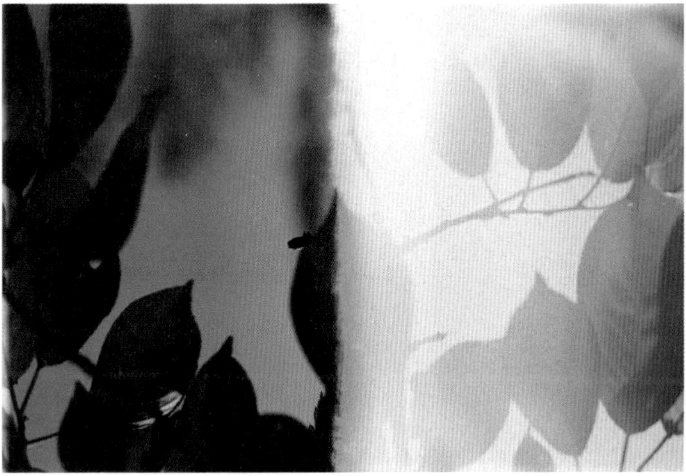

그 자리

단 한순간도 온전하다고 느껴본 적이 없다. 잠시 동안의 안정은 또 다른 이름이 비집고 들어와 공간을 채운다. 불안, 외로움이라는 이름을 달고서. 그래서 나는 그 자리가 다른 뭔가로 채워졌으면 하는 마음에 누군가를 찾거나 일에 몰두하는가 보다.

믿음

언젠가는 지나갈 거란 걸 이제는 알아.
영원한 불행은 없어.
버티다 보면 분명히 기분 좋은 일들이 생길 거라는 믿음으로 사는 게 인생이야.

낯선 길 위에

내려놓고 싶다.

걷고 싶다.

눕고 싶다.

마시고 싶다.

먹고 싶다.

헤매고 싶다.

우연처럼 마주치고 싶다.

2022년 12월 2일

엄마의 임종을 지키지 못했다. 낯선 사람들만 지켜보는 병실 한가운데에서 숨을 거두셨다는 것이 마음을 무겁게 만들었다. 마지막 순간까지도 엄마는 외로웠겠구나. 화장을 치르고, 나무 상자 안에 담긴 엄마는 뜨거웠다. 꽤 오랫동안, 내 손 위에서.
아빠를 뿌린 강가에 엄마를 뿌렸다. 강은 하나로 이어진다. 두 분이 만나셨기를 기도하며 편지를 읽었다. 장례를 치르면서 한 번, 편지를 읽으면서 또 한 번 소리내어 울었다.
돌아오는 길, 눈이 잠시 내렸고 노을이 지고 있었다. 아름다웠다. 이렇게 좋은 날에 두 분이 만나셨다고 생각하니 마음이 한결 편안했다. 엄마가 더 이상 아프지 않았으면 좋겠어. 빌고 또 빌었다.

기도

나 자신에게 친절해지길
안온한 하루하루를 맞이하길
언제가 끝이 있는 걸 아는 우리지만
눈앞의 불안으로 순간을 망치지 않길.

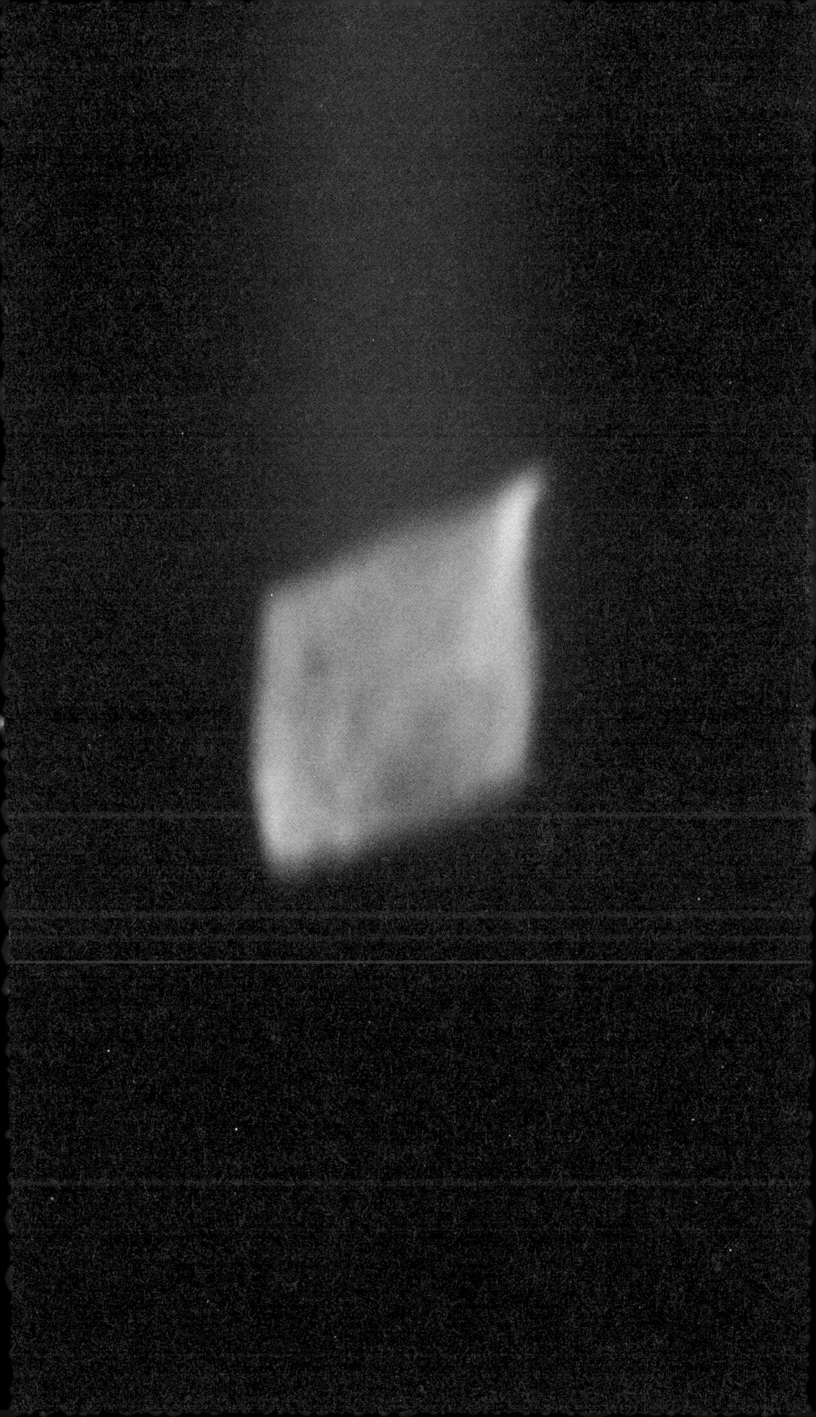

오늘

아무것도 하고 싶지 않아.

아무것도 하지 않았구나.

오늘 하루 가장 한심한 사람이 여기 있었네.

착각

되지 않는 마음에 매달렸던 것은

진심으로 사랑해서 그런 줄 알았다.

그리울 냄새

덕춘이가 몸을 동그랗게 말 때 가끔 털에 코를 박고 숨을 들이마시며 냄새를 맡는다. 천천히, 오랫동안. 어떤 날은 햇볕에 잘 말린 지푸라기 냄새가 난다. 밖으로 나가지 않아도 해가 느껴진다. 비가 오는 날은 조금 눅눅한 밀가루 반죽 냄새가 난다. 덕춘이는 비를 맞지 않아도 비 냄새를 아는 것 같다. 나는 잊고 싶지 않아서, 기억하고 싶어서 더 깊게 코를 박고 냄새를 맡는다. 내 앞에 있지만 없는 것처럼. 벌써 그립다.

사진의 뒷모습

“서로를 끌어안아주세요.”

폭설로 발이 묶인 제주 바다 앞에서 두 사람에게 외쳤다.

나는 기억해요.
눈보라에 제대로 서 있지도 못했던 우리를,
감기에 끙끙 앓았던 새벽을,
내 이마에 올려주었던 작은 눈사람을,
이별하고 별거 아닌 일에도 쏟았던 눈물을,
불안 속에서 어쩔 줄 몰라 쩔쩔매던 그때를,
사진의 뒷모습을 나는 기억해요.

바라보니

아득히 보였다가
이내 선명해지고
선명히 보였다가
이내 아득해지고

균형

때로는 모든 게 완벽한 균형을 이룬 것처럼 보일 때가 있다. 그 순간은 너무나 연약해서 작은 불행에도 쉽게 무너지고 만다.

사진의 형태

보는 마음에 따라 제각기 다른 형태의 이름으로 불린다. 그것이 무엇이든 상관없다. 보이는 그대로 바라보고 해석하면 된다.

순간

내가 당신의 삶을 모르듯
당신도 나의 삶을 모른다
당신은 내 앞에 서고
나는 카메라를 꺼낸다
잠시 숨을 멈추고 방아쇠를 당긴다
그 순간만큼은
세상에서 가장 가까운 사이가 되어
말없이 모든 걸 이야기한다
어떻게 살아왔는지는 중요하지 않다
순간만 남을 뿐.

아슬아슬

아슬아슬하다는 것은 살아있다는 증거
내게 그것은 어쩐지 아름다운 일

불행의 쓸모

타인의 불행에서 위로를 받은 적이 단 한 번이라도 있다면, 나의 불행도 타인에게 위로를 줄 수 있다.

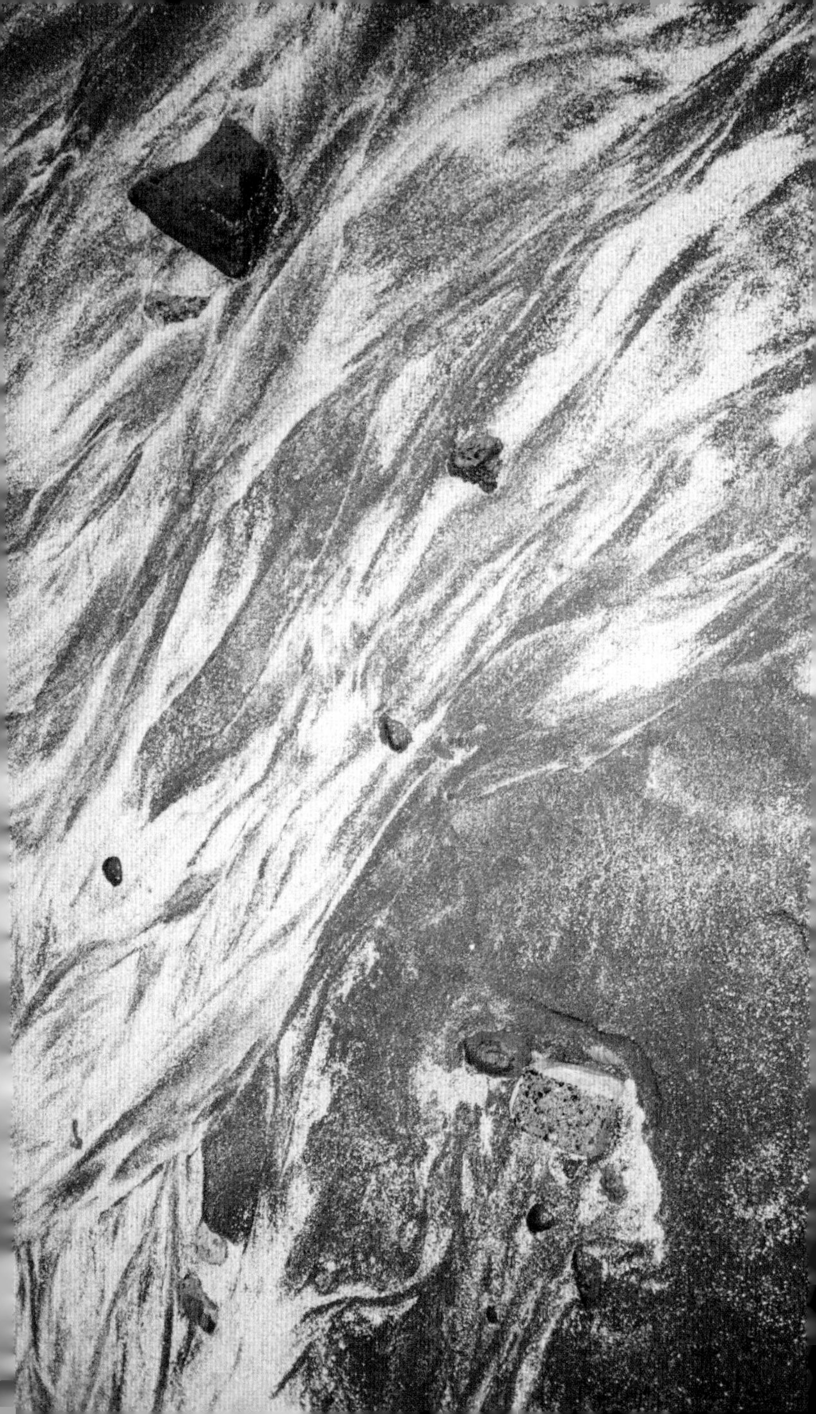

내 안에서

한 사람과 헤어지고 두 사람과 친구가 되었다.
삶이란 불공평해 보여도 자세히 들여다보면 공평하다.
활력이 넘치는 삶은 내게 즐거움투성이였고
불안에 시달릴 때면 고립을 자처했다.
모든 것은 내 안에서 시작된다는 것을
알면서도 모른 척, 모르면서도 아는 척했다.

SEBANG

오후 4시

샤워 후 젖은 몸을 수건으로 대충 닦고
알몸으로 거실을 배회하다 침대에 누웠다.
보잘것없는 몸을 눈으로 훑은 후 눈을 감는다.
몸을 감싸던 한 겹이 사라졌을 뿐인데
몸의 감각은 더 또렷해지고
미세한 먼지가 살갗에 안착하는 걸 목격한다.
안온하다.

나

나는 이곳에 없다가도 있다.
나는 이곳에 있다가도 없다.

길

내가 누구를 사랑하는지
어떻게 살고 싶은지
무엇을 꿈꾸는지

알고 싶어서
찾고 싶어서
그렇게도 자주 길을 잃었나 보다.

세 가지 단어

길에서 아는 얼굴을 만난 것은 우연이고, 같은 테이블에 앉아 이야기를 나누는 관계는 인연이고, 우연히 만나 함께 시간을 쌓고 같이 걷게 되는 것이 운명이라면, 나의 세계는 세 가지 단어만으로도 설명이 가능하지 않을까.

210

이번 생은

"내 삶에 아이는 없을 거야. 준비가 안된 어른은 아이를 가질 자격이 없는 것 같아."

내가 그렇게 커서 그런가. 아이 없는 삶을 설명할 때마다 나의 유년 시절을 함께 떠올려야 했다. 거실에 누워 있던 아픈 아빠와 네 식구를 책임져야 했던 엄마. 가난을 이유로 그만둬야 했던 어린 시절의 꿈까지. 내가 느꼈던 불행을 세습하고 싶지 않아서, 그래서 이번 생은 아이 없는 삶을 선택했다.

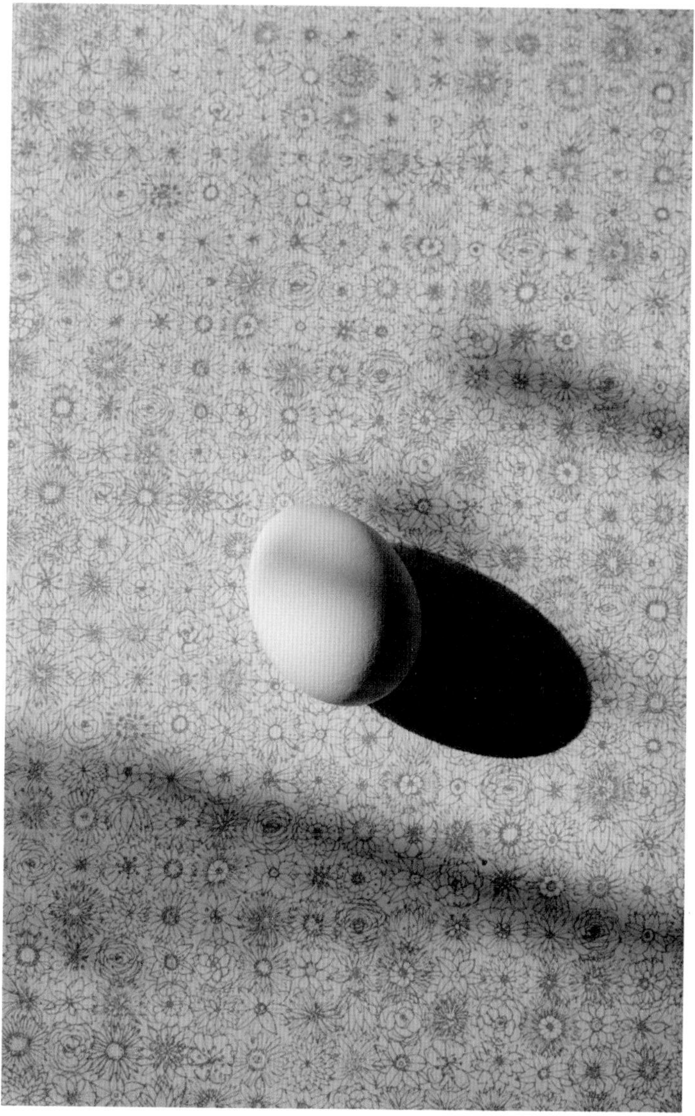

보이지 않는 것들

나무를 올려다보며 땅 아래 뿌리의 깊이를 가늠하는
굳은살 배인 손바닥을 보며 매끈한 돌멩이를 상상하는
하얀 등을 보며 푸른 바다를 떠올리는
눈 감은 엄마의 얼굴에서 나의 먼 미래를 그리며
눈에 보이는 것에서 보이지 않는 것을 찾는다.

그리울 사람들이 점점 늘어간다

수를 세어 본 적은 없지만 많은 사람들을 만났다. 일부는 내 곁에 있지만 어떠한 이유로 멀어진 이들도 있고, 영영 볼 수 없는 세계로 떠난 이들도 있다. 앞으로 그리울 사람들이 얼마나 더 많아질까? 나도 누군가에게 그리울 사람이 될까?

힘

무너졌던 순간이 나를 키웠다. 다시 무너지는 순간이 올 때마다 그때의 나를 꺼내어 곱씹어 보는 것이다. 그러면 어떤 믿음이 나도 모르게 생긴다.

인생을 살면서 크게 무너져 보는 일이 꼭 나쁜 일은 아니다. 버틸 수 있는 힘은 내 안에 있다는 것을 확인하는 일이다.

비우러 가서 얻어 온 것

우울증이 심했을 때였다. 우연히 산책하다가 발견한 작은 도자기 공방에 들어가서 짧은 상담을 받고 충동적으로 정규반 수강을 신청했다.

그 뒤로 4년의 시간이 흘렀다. 나는 여전히 취미 생활로 흙을 만지고 만들고 싶은 것들을 하나씩 만들고 있다. 2시간 동안 다양한 흙을 주무르고 쌓아 올리는 시간은 내게는 하나의 도피처가 되어 주었고, 무언가를 만들기 위해 가는 곳이지만 마음을 비우기 위해 가는 곳이 되었다.

손으로 흙을 밀고 말아 올리면서 어떤 형태를 만들어 내는 과정은 사진과 닮은 구석이 있었다. 필름이라는 무(無)의 재료에서 내가 원하는 사진을 얻기 위해 시간과 공을 들여 결과물을 만들어 낸다는 것이 그랬다.

처음에는 서툴고 어설프지만 시간이 쌓이면 조금씩 견고해지는 것을 경험하는 일. 무엇이든 배우면 좋은 거야. 그 배움이 분명 쓸모 있게 쓰일 때가 올 것이라고 믿는다.

가령 좋아하는 사람을 떠올리며 만든 세상에 하나뿐인 도자기를 마침내 선물하고 함께 기뻐할 수 있게 되었을 때처럼.

밑줄 긋기

책을 읽다가 마음에 와닿는 문장에 밑줄을 긋듯이,
거리를 거닐다 아름다운 장면을 보면 셔터를 누른다.

거짓말

대체적으로 진실한 편이라고 생각하지만, 사진 앞에서는 더욱 철저히 진실해지고 싶은 마음입니다. 자신에게 거짓말은 하고 싶지 않으니까요. 굳이 나 자신에게 거짓말을 할 필요가 있을까요?

있을까

사랑은 어디에,
사랑은 어디에 있을까?
우리 사는 이곳에,
이곳에 사랑이 있기는 할까?

비 내리는 제주의 밤

갑자기 내린 비를 피하지 않고 고개를 들어 손을 뻗기도 하고 땅에 드러눕기도 한다. 각자의 춤을 추기도 한다. 모두 어린아이처럼 웃고 있었다. 천둥번개가 가까이에서 번쩍이다가 이내 멀어진다. 잠시 동안 모든 걸 내려놓고, 우리는 그렇게.

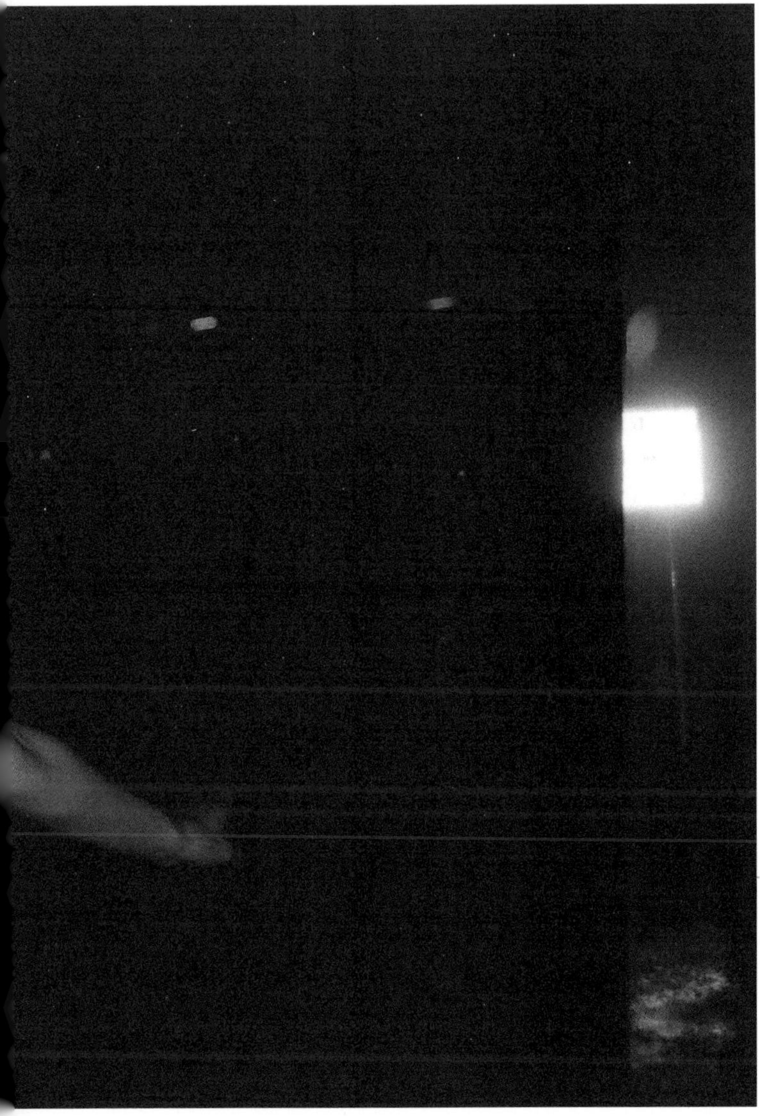

얼굴

사람의 얼굴을 잘 기억하지 못하는 편이다. 같은 공간에서 오래 대화를 나누어도 뒤돌아서면 그 얼굴의 희미한 윤곽만 남겨두고 기억에서 지워진다. 너무 많은 얼굴을 만난 탓일까? 반면에 스치듯 지나가도 잊지 못하는 얼굴이 있다. 한 번 마음에 각인된 얼굴은 아무리 잊으려고 해도 꿈에서, 길에서, 책에서, 사진에서 종종 만나게 된다. 아주 선명하게.

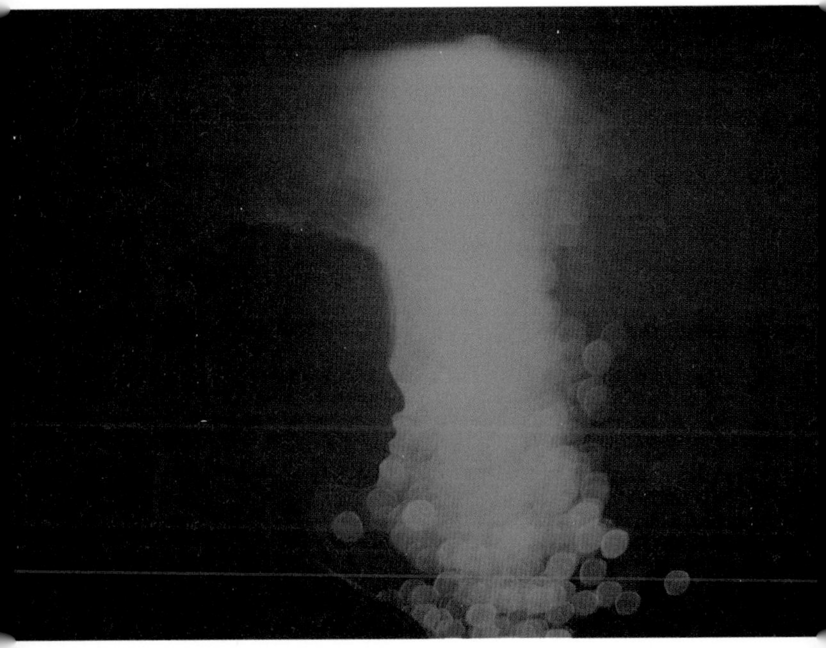

타인에 대한 나의 노력

함부로 안다고 말하지 않는 것.
나조차 나를 정확히 이해할 수 없는데,
타인을 온전히 이해한다고 말할 수 있을까?
너를 이해하려고 노력해, 하고 바꿔 말해 본다.

윤슬

'윤슬'이라는 단어를 처음 알게 되었을 때, 혀 위에서 굴려 보다가 입 밖으로 여러 번 내뱉었다. 그 단어가 너무나 곱고 아름다워서 잊고 싶지 않았다. 햇빛에 닿을 때마다 분주히 반짝이는 물결을 바라보면서 "아, 윤슬이 참 아련하네." 말하게 되는 것이다.

태어난 김에

원해서 태어난 삶은 절대로 아닌 것 같은데, 정신을 차리고 보니 나는 하나의 인간으로 성장해버렸다. 태어났으니 어찌어찌 산다. 살아내고 있다. 힘들 때면 넘어지고 아파서 소리 내어 울고, 웃을 일이 생기면 헤헤헤 하고 웃는 삶을 산다. 이왕 한 번 사는 삶, 웃을 일이 많았으면 좋겠다. 누구를 미워하지 않았으면 좋겠다. 나 또한 미움받지 않았으면 좋겠다. 덜 아팠으면 좋겠다. 숨 쉬는 일보다 손을 잡고 걷거나 햇빛에 춤추는 그림자를 지켜보고, 집 건너편 감나무가 얼마나 자랐는지 확인하기 위해 안전하게 눈을 뜨는 아침을 맞이하고 싶다. 그런 사소한 것들을 좋아하고 귀하게 여기는 삶을 살아내고 싶다.

잠시

오늘은 슬픔을 빌려다가
슬픔에 기대어 울 거야
그래도 괜찮아
뱃속의 허기가 눈물을 그치게 만들 거야
쏟아지는 졸음이 나를 눕힐 거야
따듯한 손이 나의 등을 어루만질 거야
그러니 슬픔은 빌려와도 괜찮아
슬픔이 너무 많아 몸에 가득 차면
가만히 아래로 흘러내려가도록
잠시 기다리면 돼.

파랑

내게는 가장 아름다운 색
파랑의 온도를 손에 쥐고 싶어
밤이 찾아올 무렵
동이 틀 무렵
하늘을 올려다보며
숲을 헤치며
파랑을 찾아다녔지.

방 안에서

너무 많은 사람을 만나서 너무 많은 말을 내뱉은 게 아닐까? 그래서 실수도 잦고 후회도 쌓이는 거겠지. 아무도 없는 곳에서 외로움과 함께 지내고 싶었다. 그리울 얼굴을 떠올리면서, 최대한 멀리 가고 싶었다. 그러다 외로움을 참지 못하고 다시 제자리로 돌아오고 싶었다. 떠나는 나를 상상하며 잠시 방 안에 가만히 누워 있었다. 다시 많은 사람을 만나 실수를 하고 후회가 될 말을 쏟아 내겠지. 그래도 지금만큼은 이곳에서 가장 멀리 떨어진 어떤 곳을 생각한다.

혼내는 말

가끔은 혼내는 말이 고마울 때가 있다. 정신을 차려야 할 때, 몸을 챙기지 않을 때, 엉뚱한 길로 들어섰을 때. 나를 아끼는 사람들의 말끝에는 나를 한심하게 여기지 않고 다치지 않았으면, 건강한 삶을 살았으면 하는 진심 어린 시선에서 비롯된 잔소리라는 것을 안다. 나는 넘어질 걸 알면서도 뛰는 사람이니깐. 그리고 넘어졌을 때 나를 잡아 줄 사람들이 있다는 것도 안다.

설렘이 지나간 자리

우리는 전처럼 뜨겁게 타오르지도, 늦은 밤 빗소리에 보고 싶다고 한걸음에 달려가지도 않는다.
동이 틀 때까지 함께 술을 마시며 뜨겁게 서로를 안는 시간도 줄었다.
설렘의 자리에는 편안함이 앉았고 들떴던 파도는 고요해졌다.
우리는 이제 은은하게 서로의 옆자리에서 서로의 온기를 느끼며 손을 잡고 대화하며 함께 걷는다.

돌멩이

비에 젖은 돌멩이는 반들반들 윤이 난다.
내 삶도 가끔은 비에 젖어 반들반들하게 윤이 났으면.

낯섦과 익숙함

사진은
내게 낯선 것을 가까이 두게 하고
익숙한 것을 낯설게 만들기도 하고

○

시작과 끝은 어쩌면 같은 단어일지도 모르겠다.

경계의 대상

그 누구도 아닌 내가 나 스스로에게 모질게 굴어 내게 상처를 입힐 수 있으니, 나는 나를 가장 조심해야 한다.

그리움

꿈에 엄마가 나왔다.

어릴 때 살던 작은 빌라에서 우리는 만났다.

엄마는 아프지도 않고 말도 또박또박 잘하셨다.

나를 알아봤다.

그게 기뻐서 한참이나 엄마 얼굴을 봤다.

진한 화장에 앞머리에 잔뜩 힘을 주고 거친 말도 서슴없이 입에 올리는 엄마를 신기하게 바라봤다.

마치 태어나 처음 본 얼굴인 것처럼.

서로의 언어

분명 같은 언어로 이야기하는데 우리는 서로의 언어를 이해하지 못했다. 이해하기 위해 노력했으나 결국 서로를 설득시키기 위한 노력이었고, 우리는 등을 돌리고 반대편으로 걸어갔다. 그렇게 멀어졌다.

옆 사람

옆에 나쁜 사람이 있으면 나는 더 나쁜 사람이 되려고 했고, 옆에 좋은 사람이 있으면 나도 똑같이 좋은 사람이 되고 싶었다.

흰

아빠를 닮아 어릴 때부터 새치가 있었다. 좋아하는 남자애에게 들킬까 봐 앞서서 걷지 않았다. 뒤로 조금 떨어져서 걸었다. 부끄러웠다. 흰머리는 늙음의 상징이었으니깐. 지금도 두 달에 한 번씩 미용실로 가서 뿌리 염색을 한다. 하지만 얼마 전 이제 흰 털이 나는 곳이 비단 머리카락뿐만이 아니라는 사실을 알게 된 후, 마흔다섯 살까지만 염색하겠다고 나 자신에게 선언했다.

오후 산책

몸을 반으로 구부리고 앉은 할아버지의 뒷모습
한쪽 방향으로 걷거나 뛰는 사람들
강아지를 앞세워 뛰거나 나란히 걷는 사람들
벤치에 누워 조용히 잠을 청하는 할머니
네모난 건물 사이로 비집고 들어오는 햇빛
흐르는 물 사이로 헤엄치는 물고기
선명한 분홍빛의 꽃

들고 나온 책을 옆에 두고 지켜본다. 매일매일이 비슷한 풍경인 것 같은데 다들 어떻게 살아내고 있는 걸까? 아무나 붙잡고 물어보고 싶다.

사랑, 그 다음

믿음을 주는 것
믿음을 받는 것
믿음을 믿는 것.

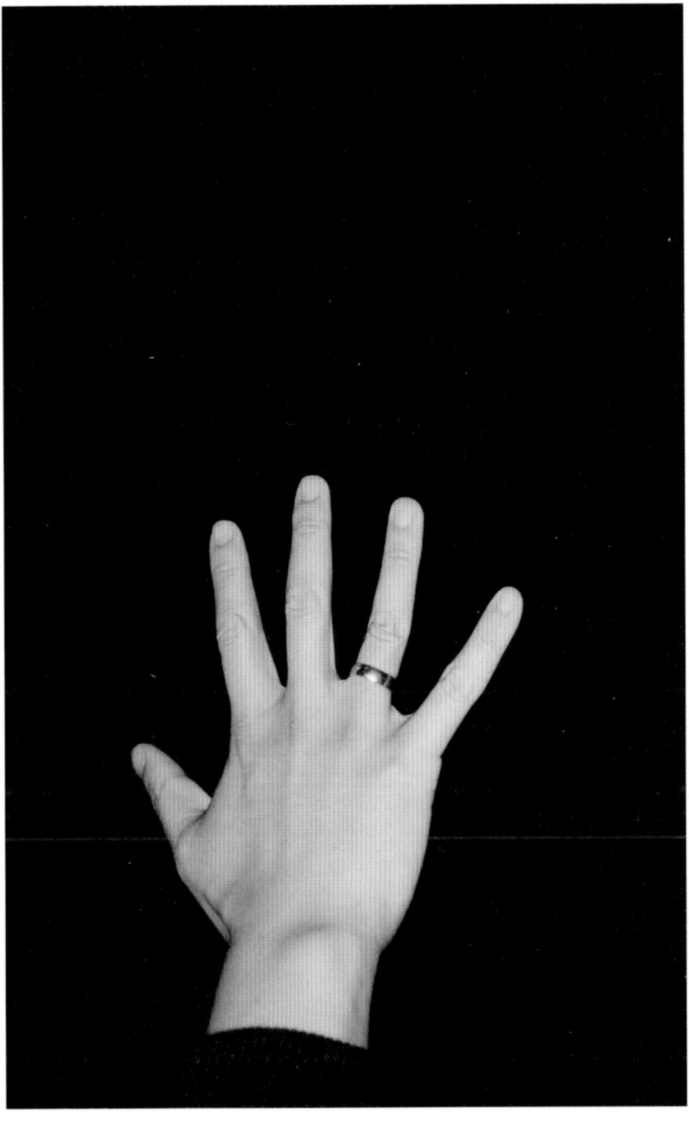

초승달

쓸쓸한 뒷모습을 따라가다 좁은 골목에서 길을 잃고,
고개를 드니 서늘한 달이 나를 내려다보고 있었다.

덕분

술에 취하면 습관처럼 지구 반대편에 있는 친구에게 전화를 걸었다. 친구는 2년 가까이 나의 전화를 피하지 않고 받아주었다. 이곳은 깊은 새벽이지만 그곳은 막 정오를 지난 시간. 내 잠들어 가는 목소리와 친구의 깨어 있는 목소리가 시차 속에 뭉개져 있었다. 친구는 한 번도 나에게 정신 차리라고 소리 지르거나 욕하지 않았다. 그저 들어주기만 했다. 그 친구에게는 무엇도 부끄럽지 않았다. 비밀 없이 기댈 수 있는 유일한 대나무숲이었다.

시간이 흘러 이제는 더 이상 친구에게 새벽에 전화하지 않는다. 그저 가끔 안부를 묻는다. 내가 고마움을 표현할 수 있는 방법은 고작 그뿐이지만, 친구야, 덕분에 내 수명이 늘었어!

재회

우리가 다시 만날 수 있다면
보고 싶었다는 말보다
미안했다는 말을.

안과 밖

마음이 힘드니 모든 것이 힘들다. 눈 뜨는 것도 끼니를 챙기는 것도 세수하는 것도 힘들다. 사소한 하나하나가 귀찮아지고 나쁜 생각만 스멀스멀 머릿속을 기어다닌다. 다시 마음을 고쳐먹으니 모든 것이 괜찮아진다. 눈을 뜨고 세수를 하고 청소를 한 후 시간을 들여 정성껏 음식을 만들어 먹는다. 예쁜 옷을 골라 입으며 외출 준비를 한다. 모든 것은 나의 마음 안에서 출발해서 집 밖으로 흐른다.

바다에 가지 않아도

땀을 훔치며 산을 오르니 유난히 거센 바람이 분다.

산에서도 파도 소리가 들린다.

말씀

"사월만 돼도 한 해가 다 지나간 느낌이에요."

"벌써 그러면 안 된다. 아직은 그러지 않아도 되니 계절을 천천히 보내거라. 늙으면 매일이 생방송이니까."

1분

오래된 호텔 수영장에는 은은한 빛이 새어 들었다.
사람은 열 명도 채 되지 않았다.
수심이 깊어 중간까지밖에 가지 못했다.
그래도 물속에 있다는 것만으로도 얼굴이 환해졌다.
물속에서도 숨을 쉴 수 있으면 얼마나 좋을까.
영영 물 밖으로 나가지 않아도 좋을 것 같았다.
그러고는 다시 물속에 얼굴을 담갔다.
내게 주어진 시간은 단 1분.
투명한 행복이 눈앞에 잠시 펼쳐진다.

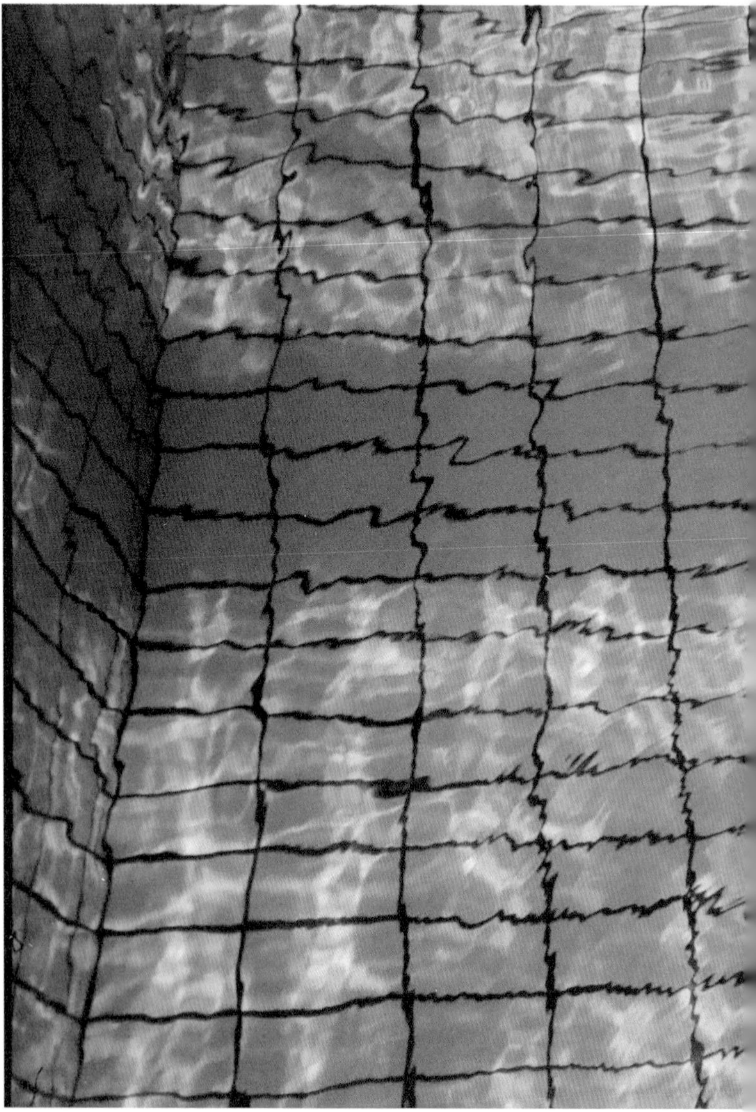

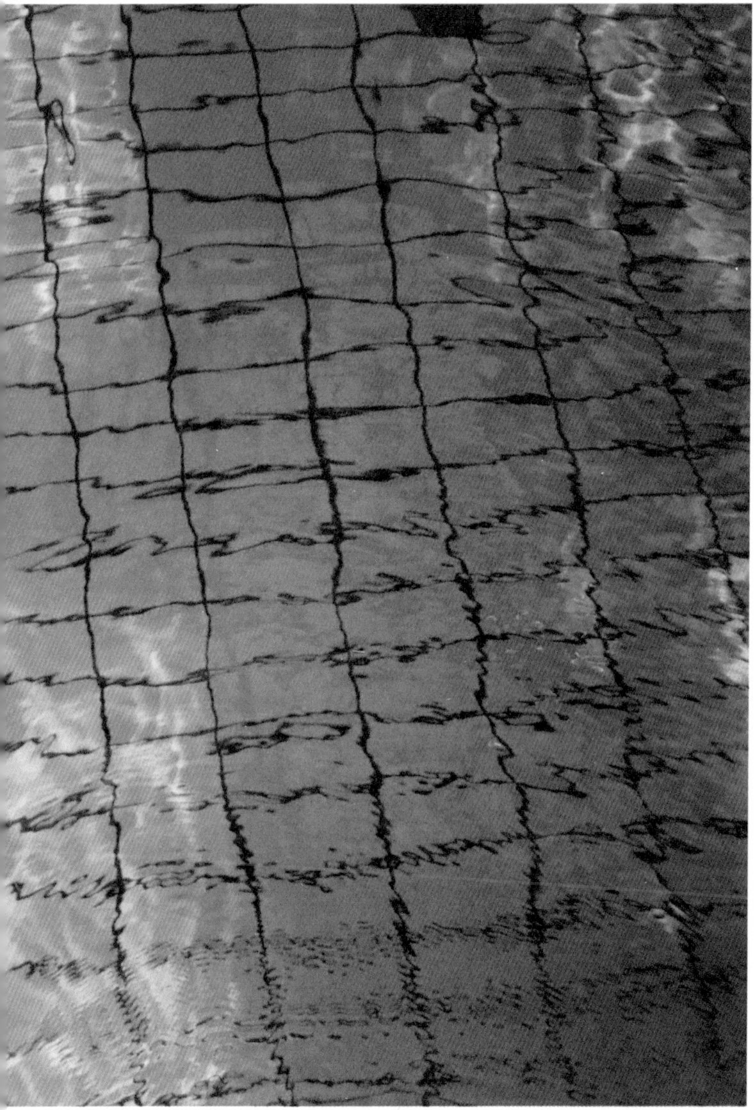

나의 쓸모

"가장 두려운 게 뭐예요?"
나는 쓸모없는 인간이 되는 것이 가장 두렵다고 답했다. 쓸모가 정확히 어떤 것인지 알 수는 없지만, 나는 쓸모 있는 인간이 되고 싶다.

미완의 기록

초판 1쇄 발행 | 2023년 12월 15일

글, 사진 | 리에
펴낸이 | 이정헌
편집 | 이정헌
교정 | 허유진
디자인 | DNDD
인쇄 | 공간코퍼레이션

펴낸곳 | 도서출판 잔
출판등록 | 2017년 3월 22일 · 제409-251002017000113호
주소 | 경기도 김포시 김포한강3로 432 502호
팩스 | 070-7611-2413
전자우편 | zhanpublishing@gmail.com
웹사이트 | www.zhanpublishing.com

ISBN 979-11-90234-24-5 03810